# 한밤중의
# 육아일기

# 한밤중의 *diary* 육아일기

소로소로 허지애 지음

시공사

prologue

# '힘든 시간 잘 버텨준 우리에게'

"'우리 엄마처럼, 우리 아빠처럼 해야지' 하고 생각할 수 있었다면
조금 쉬웠을까. 그저 닮기 위해 애를 쓰기만 하면 되었을 테니.
(비록 뱁새가 황새를 쫓아가는 것일지라도.)
'엄마처럼 하지 말아야지, 아빠처럼 하지 말아야지'라는 생각에
사로잡힐수록 그 '하지 말아야 할 것들'로부터 도망가느라
가랑이가 찢어지는 것 같았다.
내가 그렇게 싫어했던 엄마 아빠의 모습이
순간순간 내 안에서 뿜어져 나올 때면 좌절하고 또 좌절했다.
보통의 부모라면 양 극단이 아닌 중간 어디쯤에서
균형을 잡았을 테지만 나는 늘 어느 한쪽에 치우쳐 있었다.
보통보다 많은 원망, 보통보다 못한 인내….
육아가 힘든 것인 줄 알았는데
육아를 힘들어하는 내 자신이 힘든 것이다.

시간이 지나면서 나 또한
그저 보통의 엄마에 속한다는 사실을 인정하게 되었고
비로소 엄마 아빠를 조금은 이해하게 되었다.
최고는 아니었어도 최선을 다하셨던 것임에 틀림없는
두 분을 위해 그동안 건네지 못했던 말들을 책으로 건네본다.
더불어 윤아가 자랐을 때 이 책이 작은 추억 하나 될 수 있길….

이것은 무를 수도 없고 관둘 수도 없는,
나의 일기이자 모두의 일기.
힘든 시간 보내고 있는 초보 엄마들에게,
특히 기록해주는 이 없는 시간을 버틴 우리의 엄마들에게
이 책을 바친다.

contents

## 둘 그때도, 지금도

# 흔들려도 괜찮아

넷

# 안녕, 꿈나무

우린 이미 알고 있다.
삶의 소중한 대부분은
절대 기다려주지 않는다는 것을.

하나_

# 소중한 것들의 법칙

시리기 때문에
어떤 게
따뜻한 건지
알 수 있어 좋은 계절.
그대와
함께이니 더더욱♥

01

# 따뜻한 남쪽 섬

애월항에 이삿짐 내리던 날
제주도에는 몇 년 만에 폭설이 내렸다.
타고 온 택시에 먹을 것까지 두고 내렸고
아무것도 없이 잠시 머물기로 한 펜션에 갇혀버리고 말았다.
윤아에게 젖을 먹이려면 내가 뭐라도 먹어야 하는데….
생후 2개월 된 아이랑 살게 될 곳치고는,
따뜻하다는 남쪽 섬의 첫인상이 꽤 혹독했다.

최대한 긍정적으로 생각하는 것 말고는 달리 방법이 없다.
'추운 겨울에 하는 몸조리이니
불쾌지수 없이 맘껏 따뜻하게 지낼 수 있어 얼마나 좋은가!'
'아이를 키우느라 섬에 갇힌 것처럼 생활하는 게 아니라
진짜 섬에 갇혔으니 억울할 것도 없지 않은가!' 하고 말이다.

02

## 가정식 백반

"오늘 뭐 해먹노?"
어릴 땐 이런 엄마의 고민이 늘 쉽게만 여겨졌다.
그냥 먹고 싶은 걸 말하면 되었으니까.
(물론 원하는 게 다 이루어졌던 것은 아니다.)
이젠 내가 엄마의 입장이 되고 보니
이 '뭐 해 먹나, 뭐 해 먹이나'라는 고민이
절대 가볍게 느껴지지 않는다.

냉장고에 남아 있는 것과
남아 있지 않은 것들을 잘 섞어
떡하니 멋진 요리를 만들어내는 것.
나는 대체 몇 년 차 주부가 되면 우리 엄마처럼 해낼 수 있을까?
널브러진 장난감 사이로 윤아는 쌔근쌔근.
밥시간은 다가오고 먹어야 힘이 날 것 같긴 한데
이런 날은 "오늘은 뭐 좀 해줄까?" 하던
엄마 목소리만 고플 뿐이다.

"오늘은
뭐 좀 해줄까?"
라고 묻는
엄마 목소리가
괜스레 고픈
비 오는 오후.

못되게 살아서
생긴 일이 아닌데도
착하게 살게요.
그러니 제발...
사고를 피하게도
쏟아내는 반성

03

# 반성

침대에서 윤아가 떨어졌다.
뒤집기도 못하는 녀석이니 괜찮겠지, 하고
잠시 화장실을 다녀오는 사이에….
쪼그라드는 심장과 사시나무 떨리듯 떨리는 손.
다… 내 잘못이다.
잘못되면 난 어떻게 살아야 하나?
별의별 생각이 다 들었다.
다행히 아이에게 이상은 없었지만
지켜보는 며칠 내내 속으로 이상한 기도를 했다.
'저 착하게 살 테니 제발 아무 일도 없게 해주세요.
다들 한두 번 떨어뜨리며 키운다는 친구 말처럼
그냥 뻔한 에피소드로 남게 해주세요….'

내 껍질과
내가 쓴 껍질들이
가득한 하루의 흔적.
오늘도 못 채운 목마름 안고
정신없이 널브러질
여행자의 방.

04

# 갈증

아주 열심히 살고 있는데도
뭔가 대충 살고 있는 것 같은 느낌.
눈만 돌리면 정리할 것들이 널려 있는 집은
마치 커다란 벌레 떼가 껍질을 벗어놓고 도망간
공터 같았다고나 할까.
치우고 치웠는데도 남아 있는 설거지 거리,
돌리고 돌렸는데도 남아 있는 빨랫감….
그곳에서 윤아에게 젖을 먹이며 또 유축을 하고
새벽을 지새워야 할 땐
마치 세상에 혼자 남겨진 기분이었다.
그 새벽들은 전부 내게 낯선 여행길이었다.
스스로 시작한 여행이지만 행복하지 않고,
부르튼 발을 부여잡고서라도 계속할 이유를 찾아야 하는,
그냥 내가 있던 자리로 돌아가고만 싶은 그런 여행.
그 여행길에서 느낀 갈증은
무엇을 먹어도 사라질 것 같지 않았다.

05

# 엄마가 된다는 것은

아이를 보는 순간순간이 깨달음이다.
윤아를 키우며
내 속에 다 자라지 못한 아이가 있음을 절실히 깨달았고
그래도 내 안 한편에나마
어른스러움이 존재한다는 걸 깨닫기도 했다.
반복되는 별것 아닌 하지만 미칠 것 같은 일들,
이를테면 아이가 신발이나 화장실 바닥을 만진 손을 입에 넣는 것
혹은 낮잠 잘 시간을 다 건너뛰고 열심히 노는 것,
밤새 이유 없이 몇 시간씩 우는 것.
그것이 온종일 반복되는 것을
가끔 아무렇지 않게 견딜 수 있었던 건
내 안의 어른이 내게 질문을 던졌기 때문이다.
"너 아직 그리 사냐? 이제 애도 낳았으면
좀 어른스러울 때도 되지 않았냐?"
내 안의 내가 던지는,
내 심장을 관통하는 질문.

멋대로 살고 있던
나를
붙잡아 앉혀놓고
"그래, 그래서 이제
어떻게 살 건데?"
라고
묻는듯했다.

06

## 2인자

돌이 지나 아이가 걷고 제법 이쁜 짓도 할 줄 알게 되자
문득 그런 생각이 들었다.
이렇게 작정하고 이쁜 놈이 눈앞에 있는데
남편에게는 아직 내가 1순위일까?
사실 내게도 이미 남편은 1순위가 아닌 것 같긴 하지만.

"어쨌든 난
윤아보다는 네가
먼저야."
젖몸살에 울던 나를
달래던 남편의 말.
아직 유효할까.

라디오에서
카페에서
이따금 들려오는
이런 캐롤만으로는
해갈되지 못하는
주부습진이다.

07

## 이브

찐~한 크리스마스를 느껴보고 싶던 어느 밤.
이곳에는
아는 사람이 없고
있다 해도 갈 수 없지만….

걱정이 무색하게
너무나 까먹어버린
마지막 수유.
괜스레
울어야 할 것도 같은
이 허전함.

08

# 단유

모유 수유란
임신만큼이나 내 많은 것을 제한하며
체력적으로 힘든 일임을 출산을 하고 나서야 깨달았다.
가슴 한쪽에 사표를 품은 채
'일주일만 더 해보자, 딱 한 달만 더 해보자' 하며 버틴 것이
1년이 훌쩍 넘었다.

정말 정말 끝으로 마지막 수유를 하던 그날
양쪽 가슴에 곰돌이가 그려진 밴드를 붙이고
"이제 엄마 쮸쮸는 곰돌이가 가져갔어"라고
말해줘야지, 하며 모든 준비를 끝냈는데
뽀로로 덕분에 윤아가 마지막 수유를 잊어버렸다.
아, 살 것 같다.
생각보다 조용히 끝난 작별이 아주 조금 아쉽긴 하지만,
뜨거웠던 15개월이여 안녕!!

"아휴, 순하긴요."
난 왜 굳이 그런식으로
대꾸했던 걸까.
그게
겸손의 표현도
아닌데.

09

## 불필요한 겸손

아이를 데리고 외출을 하면
할머니, 할아버지 들이 꼭 말을 건네신다.
당신 손자 손녀 생각이 나는 걸 테지.
태어난 지 얼마 되지 않아 보이는 녀석이
엄마 손잡고 씩씩하게 걸어가는 모습만으로도
대견한 것일 테지.
한 어르신이 "잘 놀고 순하네"라고 하시는데
나도 모르게 손사래를 치며 "아휴, 순하긴요"라고 했다.
집에 돌아와 생각하니
조금… 후회가 된다.
겸손한 척하자고 남에게 윤아 흉을 본 셈이니.
물론 자기 자식 힘든 건 엄마밖에 모른다지만.
순한 건 아니라는 내 말이 꼭 틀린 건 아니지만….

# 10

# 한 장의 추억

제일 좋아하는 책은 성장앨범.
그다음은 아기수첩.

나는
책을 읽고
너는
책을 읽는 시늉을 하는
혹은 그 반대인
멘도롱 또똣.

11

# 백색소음

도마를 밟는 엄마의 칼 소리.
탁. 탁탁탁. 탁탁. 탁탁.
당시 즐겨보던 텔레비전 프로그램 〈출발! 비디오 여행〉에서
전창걸 아저씨의 막힘없는 내레이션 소리도 들려온다.
'그래, 지금은 주말이지. 점심때구나….'
나른한 안도감을 주는 소음.
그땐 그 두 소리를 들으며 아침잠을 연장하는 게 참 좋았는데.
하지만 고등학교 졸업과 동시에 엄마와 떨어진 나는
곧바로 불쌍한 자취생이 되어버렸고
전창걸 아저씨는 어쩐 일인지 방송에서 볼 수 없게 되었다.
이제 그 두 소리를 함께 들을 확률은 거의 없다.

몸이 아파 며칠째 누워 있는 요즘, 그 소리들이 참 그립다.
난 고등학생이었고,
아직 엄마의 보살핌 아래 마냥 이불 속 게으름을 피울 수 있었고,
잠을 솔솔 부르던 달콤한 백색소음이 함께해주었고….

늦은 아침.
도마를 밟는 칼 소리.
무언가 끓어 넘치는
냄비 뚜껑 소리.
하이얀 도자기 조심히 부딪히는
투명한 소리.
두 번 다시는 돌아오지 않을
그립고 그리운 나의
백색소음.

내가 늙지 않고
네가
자랐으면 좋겠다.
엄마와 나는
똑같은 생각을 했다.

12

## 우리들의 행복한 시간

아이가 쑥쑥 커가는 만큼
나도 나이를 먹고 있다.
그리고 내가 나이를 먹는 만큼
울 엄마도 역시 나이가 들어간다.
기쁘면서도 한편 슬프다.

엄마가 아직 건강하고
내가 아직 청춘이고
윤아가 아직 때 묻지 않은 지금이
아마도 우리들의 가장 행복한 시간이 아닐까?

"너무 힘들이지 말고
쉬가며 해래이!"
걱정이 잔뜩 묻어나는
팔순의 목소리.
막 새끼를 낳은
암컷처럼 애가 탄다.

13

## 내리사랑

아는 사람 하나 없는 낯선 섬에서의 독박육아.
비행기 공포증이 있는 울 엄마가
제주도 우리 집으로 또다시 소환됐다.
엄마와 할머니가 통화를 한다.
잔기침 섞인 할머니의 목소리가 스피커폰 너머 들린다.
"너 내 딸 자꾸 힘들게 할래?
니 집에 다녀오고 나면 내 딸이 폭삭 늙는다!"
딸과 딸내미의 딸까지 챙기느라
힘든 우리 엄마를 보고 있는 할머니,
얼마나 걱정이 되실까?
아무리 사랑하는 손녀딸이라도 당신 딸에 비할까.
우리 엄마 힘들까 봐 소리치시는 할머니 목소리가 정겹다.
앞으로는 엄마 소환을 조금 줄여야겠다.

# 14 / 위너

사회생활을 하는 친구들도 당연히 저마다의 고충이 있겠지만
그래도 여전히 원하는 일을 하며
예쁘게 꾸미고 다니는 미혼 친구들,
어쩐지 더 성공한 삶을 사는 것만 같은 그들의 모습을 볼 때면
육아만 하고 있는 내 모습에서
멋진 의미를 찾기가 좀 힘들었다.
그러다 문득 아기를 보물처럼 안고 삼삼오오 지나가는
젊디젊은 아기 엄마들이 눈에 들어왔다.
엄마라는 결코 쉽지 않은 일을 해내고 있는,
어쩌면 인생 최대의 위기를 무사히 넘기고 있는 그들.
그들이야말로 진정한 일상의 '위너(winner)'가 아닐까.

보라.
명품 백보다
더 고귀한 것을
메고 가는 젊은이들을.
우리는
승리하였다.

ㅊ달 수세미로
싱크대 물때를
박박 씻어주며
"나중에 나 없으면
어쩌려고..."
흐르는 물에
말끝을 흘려보낸다.

15

# 어른아이

어쩌기는.
엄마 없는 아이는
엄마를 찾지….

나의 빈
머리, 가슴, 배를
부르게도 채우는
두 여자의 웃음소리.
나의 과거
나의 미래.

16

# 웃음소리

전형적인 외할머니 톤으로 개사해서 부르는 자장가.
결혼 후 급격히 불어난 사위의 뱃살까지 등장하는
우리 엄마표 동요.
그런 할머니 노래에 깔깔깔 웃는 윤아.
웃는 윤아를 보고 또 웃는 엄마.
나를 닮은 여자와
내가 닮은 여자 둘이서
깔깔깔 웃고 또 웃는다.
배가 불러온다.

1984年

우리 엄마는 날 가졌을 때 홍옥이 그리도 먹고 싶었단다.
새큼달큼하고 단단한, 별로 비싸지도 않은 그 사과를
돈이 없어서 못 먹었다는데, "지금이라도 사줄까?" 하니
"지금은 이가 안 좋아서 못 먹어" 하신다.

아, 딱 한 번이라도 시간을 돌릴 수 있다면
나는 1984년 1월 22일로 가야지.
24시간이 넘는 진통을 견디고
혼자 짐 가방을 꾸려 분만대 위까지 도착한
만삭의 아가씨에게 가야지.
지금의 내 나이보다 훨씬 어린 스물아홉의 엄마에게
새빨간 홍옥 한 봉지를 들고서.
그러고는 말해야지, 힘내라고.
나중에 나중에 홍옥보다 더 멋진 걸 갖게 된다고.
배 속에 있는 아이가 크고 커서 또 딸내미 하나를 낳는데
붉을 '윤'에 구슬 '아' 자를 쓴 '윤아'라는 이름을 가진
예쁜 녀석이라는 것도 함께 말해주어야지.

18

# 백조의 호수

경력단절녀.
일을 하고 있던 엄마라면 출산 후
자연스럽게 갖게 되는 수식어.
잃은 게 있으면 얻은 것도 있기 마련이지만
일 욕심이 있는 사람이라면 그 공백을 견디기가 쉽지 않다.
집에서 육아를 하고 있는 여자들을
그저 속 편하게 백수 생활을 하는 사람쯤으로 여기는 사람도
간혹 보았다.
세상 하나를 키워내고 있는데
그 일을 집에서 놀고먹는 것에 비하다니.
그런 놈들을 만나면 퍽 하고 날릴 주먹 하나 꽉 쥐고 있어야지.
우리는 미운 오리가 아니라
언젠가 날아오를 백조라고!

쉴 새 없이 많은 일을 하는
엄마지만, 결국
아무것도 하지 않고 보낸
시간으로 남겠지.
그저, 새하얀
새 한 마리로.

19

# 참을 인

기저귀 갈기 싫어하는 아이를
하루에도 십수 번 다독여 입히는 실랑이.
멀리서 보면 귀여운 에피소드,
가까이서 보면 전쟁이다.
아픈 손목이 시큰시큰.
휴, 그래,
한창 기저귀 갈기 싫을 나이지….
그래,
울어야지 어쩌겠어, 네가.

아이와 어른.
우리가 그 양 끝에
서 있는 거라면
아직은
내가 더
가까이 가자.

## 20 그리움의 조건

조금씩 완성되어가는 너의 몸짓, 말투.
시간이 거꾸로 가지 않는다는 걸 알기에
다시 돌려 보는 그때의 사진.
앞으로 언제고 다시 봐도
매번 그리워질
그때.

찰칵.
서투른 모습들을
차곡차곡
눈에 담는다.
그리워지는 것은
모두
서투름 아닌 것이
없었으니.

젓꼭지를 문
아이만큼
세상 무서울 것
없어 보이는 모습이
또 있을까.

## 21 아프리카

설거지를 하다 본 텔레비전에서 아프리카 부족들이 나오고 있다.
커다란 가슴을 아기에게 쾌척해주는 엄마와
당연한 듯 엄마를 차지한 아기의 모습이
강렬하다.
젖꼭지를 문 아기는
'덤빌 테면 덤벼봐요'라고 하는 듯 자신감에 가득 차 있고
그런 아기를 안은 엄마는 한껏 행복해 보인다.

흠…, 저 언니들은 젖몸살 없나?

계산이 끝나는 동안
진열대의 머리핀을
만지작대는 엄마.
슬플 것이 없는데도
슬퍼 보였다.

22

## 계산대의 엄마

아마도 보는 사람의 감정이 투영되어서였겠지만
그녀가 슬퍼 보였던 이유에 대한 내 결론은
'누구든 처량해 보이게 하는 아이템인
아기띠를 장착하고 있어서'다.
윤아가 걸을 수 있게 된 후
1년 내내 찌그러져 있던 내 요추는
비로소 한숨 돌릴 수 있게 되었는데,
그래서일까? 아직 아기띠를 벗지 못한 다른 엄마들을 볼 때면
항상 뭔지 모를 짠함이 몰려온다.
못 차려입은 옷도
잘 차려입은 옷도
다 똑같게 만들어버리는 아기띠의 위엄이란….
사실 이 그림만 본다고 치면
저 엄마보단
내가 더 슬퍼해야 할 상황인데 말이지.

"한 살이라도 젊을 때
애 낳아."
내게 이 말을 했던
그들은
같이 죽자, 뭐 그런
심정이었던 걸까.

## 23

## 다단계

먼저 결혼을 해서 아이가 있는 선배, 상사들은
늘 내게 출산을 권유하곤 했다.
"너 올해 몇 살이지? 늦기 전에 빨리빨리 낳아서 길러"라며.
후에 알았다.
이런 게 바로 다단계구나.
그리고 또 하나 깨달았다.
출산을 권했던 사람들은 하나같이 모두 남자였다는 사실을.
이렇게 된 이상 그래, 나도 가만히 있을 수 없지!
침 흘리고 자고 있을 때가 아니야. 어서 일어나자.
그리고 친구들에게 전화를 걸어 말하자.
"야, 한 살이라도 젊을 때 낳아야지!!!"

24

## 두가시*

하루 내내 나는 누군가의 보호자로만 살고 있으니
적어도 당신에게는 보호받고 싶고, 기대고 싶다고 말했다.
윤아에게 사랑을 주려고만 하다 보니
정작 내 몸에선 사랑이 바닥난 것 같다고….
그러자 남편이 말한다.
"네가 엄마 역할을 잘 해내는 모습을 보여줘야
나 또한 네가 예뻐 보이지."
참 나, 부리로 확 쪼아버릴까 보다….

그나저나,
엄마 역할을 잘 해낸다는 기준은 뭘까?

* 두가시: 부부를 뜻하는 제주 방언.

생각의 차이보다
좁힐 수 없는 건
입장의 차이.
서로가 될 수 없는
남과 여.

우린 이미 알고 있다.
삶의 소중한
대부분은
절대
기다려주지
않는다는 것을.

# 25 / 소중한 것들의 법칙

제일 안 기다려주는 것 중 하나,
양파.
양파를 다섯 개 산다.
세 개를 먹고 두 개가 싹이 난다.
양파를 세 개 산다.
두 개를 먹고 하나가 싹이 난다.
양파를 하나 산다.
그냥 그게 싹이 난다.

살면서 생기는 크고 작은 일,
좋고 나쁜 일, 그로 인해 생기는 마음의 소란도

나 혼자 껴안기엔 아직 부족한 어른인 것 같다.

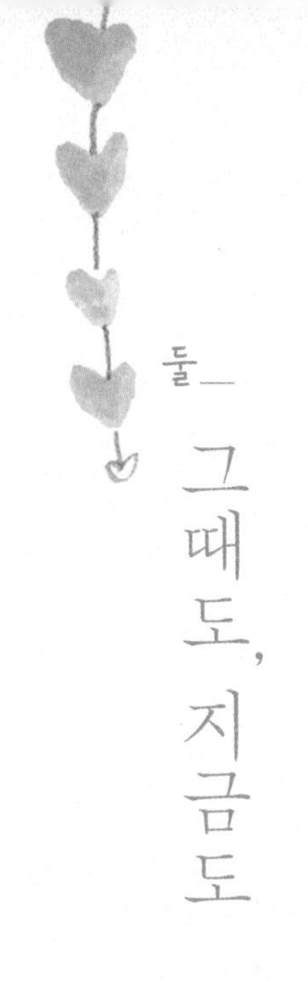

# 둘_ 그때도, 지금도

26

## 고민

하나는 외로울 것 같고,
둘이 되면 내가 괴로울 것 같고,
장담할 수 없는 일에 덤비는 건가 싶고.
다들 똑같이 이야기하는 걸 보니
진짜 둘은 되어야 하나 싶고.
아아…
광고 회사 다닐 적 제일 듣기 싫었던
광고주의 말을 지금 내가 하고 있을 줄이야.
"'얼터(alternative: 대안, 다른 시안)'가 궁금합니다."

오늘도
혹여나 혹여나 혹여나 태어나게 될지 모르는
둘째의 얼굴을 상상해본다.

"둘째는
진짜 편해."
아... 그 말 또한
다단계인걸
알면서도...

27

## 나이트메어

어렸을 적부터 악몽을 꽤 자주 꾸는,
불안한 영혼을 가진 나는
다 큰 지금까지도 이따금 악몽을 꾸고 가위에 눌리는데
아이를 낳고 나서 좋았던 건
쪽잠 자느라 바빠 악몽이 조금 줄었다는 것이다.
윤아가 새벽에 깨는 일이 거의 없어지면서
드디어 내게도 통잠을 잘 시간이 허락되었는데
어째서 뒤척이는 밤이 더 많은 걸까?
새벽까지 끄지 못한 핸드폰 불빛이 내 숙면을 방해하는 걸까?
자겠다고 누웠지만 청개구리처럼 말똥말똥해지는 정신.
엄청난 피로에도 불구하고
새벽 동이 트는 걸 보고서야 비로소 잠드는 날들이여.
아, 불면증보다는 차라리 악몽이 낫다.
잠으로 넘어가는 경계에서마저 나는
어지간히도 우유부단하구나.

통잠을 자지 못하는
새벽의 탄식.
아...
무엇이
문제인가.

28

# 내가 가장 좋아했던 것

새벽, 윤아가 열이 올랐다.
또 한 번 가슴을 쓸어내렸다.

어릴 적 아팠던 때가 떠오른다.
열이 펄펄 끓던 어느 날, 엄마는 나를 병원에 데려가
홀딱 벗기고 물수건으로 온몸을 닦았다.
하지만 나는 열이 떨어지지 않고
축 늘어져버리기까지 했다던가.
그렇게 아파 울고 있는 내게
엄마는 내가 가장 좋아하는 그것,
젖가슴을 내밀었단다.
하긴 난 고등학생 때까지도 엄마 가슴을 조물거렸으니
당시의 내게 위로가 될 만한 건
엄마 젖가슴밖에 없지 않았을까.
홀딱 벗은 몸이 달달 떨릴 정도로 너무 추웠지만
참 따뜻했던 그때 그 엄마의 가슴.

아파 우는 내게
내가 가장 좋아하는 것을
내밀었다.
사람들의 시선은 당연히
생각할 이유가
없었다고 한다.

한 모금 머금는 탁주가
새삼스럽다.
초 없는 촛불이
사락
흔들린다.
불행과 행복이 뒤섞여
다행이 된다.

## 29

## 문희

2년 만에 만난 지인과 오랜만에 술잔을 기울였다.
그러고는 '누가 누가 더 불행한가?' 하는
이상한 이야기가 시작되었다.
도박, 빚, 사기, 죽음, 가족… 여러 단어들이 오가고,
쓰디쓴 이야기들을 둘 다 울지 않고 할 수 있어 다행이었다.
결혼생활은 어때? 애 키우는 건 어때? 대화는 많이 해?
사는 이야기가 오고 간다.
그가 말했다.
"어쩔 수 없어. 우리보다 현명했던 사람들도 똑같이 반복했어.
우리라고 별수 있겠어?"

그래, 우리 모두 이만하길 정말 다행이지?

내려야 할 정류장이
지났음에도
벨을 못 누르는
수줍은 소녀의 심정.

가끔은 먹다 지쳐 잠들고
신생아 때도 안하던 배 위에 엎어져 자기를 반복하는 윤아.
엎어 재우기 자세 잘못 잡은 날, 내 경추는 바이, 사요나라….
하지만 이런 내 상황 따위를 알 리 없는
네 잠든 모습은
마냥 예쁘기만 하다.

윤아 몫으로 덜어주신
두툼한 살코기가
가닥가닥 갈라져
그릇 안에 눕는다.
따스한볕이
그 위에 스러진다.

# 고향의 맛

많은 식구들이 함께 먹을 닭곰탕을 끓이는데
돌이 조금 지난 윤아의 몫도 계산된다.
먹성이 좋아 어른 분량의 곰탕 한 그릇을 뚝딱할 게 뻔하기에
제일 통통한 다리와 가슴살을 덜어주신다.
어머님이 덜어주신 살코기를 가닥가닥 찢고 또 자른다.
아빠의 고향에서 먹는 윤아의 저녁.
손맛이 가득 들어간 친할머니의 곰탕.
오늘 저녁밥은
윤아가 한 그릇 더 달라고 할지도 모르겠다.

32

## 초미세먼지

가끔 엄마의 입장에서 벗어나 '사람 대 사람'으로 욱할 때가 있다.
그리하여 결국엔 '사람 대 괴물'로 변해 있는 관계를 마주한다.
"어쩌라고!!!"
소리를 질러버린 날,
얼마 못 가, '아, 어쩌지?' 하고 후회한다.
내 안에 오래도록 잠복되어 있던 독이 올라오는 느낌이다.
아이에겐 이런 내 모습이
초미세먼지보다 더 치명적일 텐데….

사람의 세포
하나하나에 침투하는,
사람에게서
나오는
1급 독성물질.

33

# 꽃 같은 인생

시댁 제사에 가기 위해 혼자 윤아를 데리고 비행기를 탔다.
(남편은 시의적절하게 괌으로 워크숍.)
시댁인 영양에서 제일 가까운 공항은 대구나 울산.
다행히 친정이 울산이라 그곳에서 하룻밤을 묵고
다음 날 시댁으로 가는 기차에 올랐다.
친정 엄마와 함께.
도와주는 이 없이 무거운 짐에 아이까지 데리고는
도저히 엄두가 나지 않는 길에
또 한 번 엄마가 나서주신 거다.

함께 무궁화호 기차를 타고 안동역에 도착.
그곳에서 영양으로 들어가는 고속버스를 타야 하지만
다행히 아버님이 안동역까지 마중을 나와주셨다.
엄마는 나를 아버님께 인수인계하고 돌아선다.
점심이라도 같이 하자는 아버님의 제안을 극구 사양하며.
열차 시간 때문에 바로 가야 한다는 핑계를 대며.

덜컹이는 무궁화호
기다리며
집어든다. 목련 한 병.
꽃길만 걸어라.
너는
꽃길만.

사실 엄마가 말한 열차는
다섯 시간 후, 늦은 오후에 있었다.
다섯 시간을 길에서 버려야 하는데 괜찮겠냐고
자꾸 묻는 나를 엄마가 달랜다.
자기는 걱정하지 말라고, 시댁 가서 잘하라고,
혼자 여행한 적이 없으니 재미있고 좋다고.

그러고는 내게 주려고 비염에 좋다는
목련 꽃차를 한 병 샀다고 하신다.
기차를 기다리는 다섯 시간 동안
커피값이 비싸 커피숍에도 안 들어가는 사람이
한 줌 남짓 되는 목련꽃차를 2만 원이나 주고 사다니.

그날은
미세먼지 수치가 200 가까이 되던,
아주 갑자기 기온이 치솟았던,
그런 날이었다.

34

# 점심 배달

친정에 가 있던 날.
엄마 심부름으로 5분 거리의 할머니 댁에 곰국을 배달하러 갔다.
엄마가 쥐여준 '엣지' 있는 바구니 안에는
일곱 시간을 달였다는 오장육부차 한 병과 곰국,
곰국에 넣을 파 한 쪽, 사과 세 알, 두릅나물 한 봉지가 담겨 있다.
그렇게 장바구니를 채우고도 엄마는 웃지 못한다.
제아무리 몸에 좋은 오장육부차와 두릅나물도
할머니의 눈물겨운 세월을 되돌려주진 못할 테니까….
저기 언덕길 위 오장육부차를 기다리는,
아니 손녀딸을 기다리는
우리 할머니가 서 계신다.

할머니의 늦은 점심거리가
주인을 알아보며
달그락달그락.
굽은 실루엣 하나
함께
삐그덕
"삐그덕."

필요한 건
아무것도 없어요.
손톱달이 뜬 어느 밤에
땀 흘리는 맥주를
준비해둘게요.

35

# 제주도의 푸른 밤

가끔 잠들기 전 이런 상상을 한다.
묻지도 따지지도 않는 만남.
어떻게든 남편에게 아이 맡기고 나와
하룻밤만이라도 다 같이 모여 별것 아닌 이야기를 주고받는 상상.
남편 뒷담화, 육아 고충, 자기반성….
하다못해 우주 정복 이야기도 좋을 것 같다.
가까운 사람에게는 오히려 하지 못했던 이야기들을
그냥 마구 쏟아낼 수 있을 것도 같다.
제주도 밤바다에서라면 더할 나위 없겠다.

방충망을 뚫고 들어오는
놀이터 소리.
뒷물 빠지기를 기다리는 소고기.
한 곡만 맹연습하는
어느 집 건반 소리 들으며
차례를 기다리는
빨래들.

좋다.

이런 날은
밖에서 들리는 소음에도 조금 너그러워진다.
싸우는 소리만 아니라면 뭐든 다 좋다.
다시 시작되는 피아노 연주 소리.
아마도 《바이엘》 앞부분에 있는 그 곡인 것 같은데.

이유식 만들기에도 노하우가 약간 생기고
윤아도 혼자 놀 줄 알게 되니
앞뒤 양옆 나를 조여 매던 일상에서 조금 풀려난 기분.
게다가 오늘은 문화센터를 가지 않아도 되니…
왠지 여유가 생긴 기분!

37

## 챔피언 결정전

훈육을 마음먹은 후 두 번의 빅 매치가 있었다.
최선을 다해 발악하는 아이를 붙잡고 있다 보니
온몸이 땀으로 범벅.
이 과정 후 주어질 분명한 결과물에 대한 믿음이 있어서였을까?
우는 아이를 꼼짝 못 하게 붙들고 있으면서도
아이가 안쓰럽지도, 마음이 아프지도 않았다.
그냥 무진장 힘들었을 뿐.
어쨌든, 명승부였다.

어쨌든 체급과는 별개인
슈퍼헤비급
타이틀 매치.
홍 코너엔
안돼 선수.
청 코너엔
왜안돼 선수.

무작정 걷고 싶었으나
아파트 화단에
숙처고 앉는다.
그러고는
휴대폰 배경화면을
요리조리
바꿔본다.

# 38 / 장 보고 올게

제엔장.
하필 이럴 때 다들 전화를 안 받는다.
생판 모르던 남녀가 서로를 더 알고 싶어서
더 붙어 있고 싶어서 한 결혼인데
정작 함께 있음에도
왜 진짜 이야기는 못 하게 되었을까.
친정 이야기는 얕볼까 봐,
드라마 이야기는 드라마에 빠져 산다는 핀잔이 듣기 싫어서,
남편 흉은 당사자이니 볼 수가 없고….
진짜 대화, 진짜 위로가 그리워서
왠지 집에 들어가기 싫은 8시,
무거운 밤.
(그렇다고 싸운 것도 아닌데.)

웬만해선 다 맞는
바나나케이스.
그래, 너처럼.

39

## 바나나 케이스

내 아이가 못생긴 바나나건, 고집 센 바나나건
잠을 안 자는 바나나건, 별난 바나나건, 수줍은 바나나건,
웬만한 건 다 담아낼 줄 아는 엄마면 되겠구나.
그거면 되는구나.

40

# 퇴근 풍경

7시 반 정도가 되면 대문 너머가 훤히 보이는 창 앞에서
이제나저제나 하며 남편 차를 기다린다.
나는 대개 낮에 널어둔 빨래를 정리하거나
틈틈이 책상 앞에 앉아 윤아의 눈을 피해 그림을 그리거나
벼락치기로 저녁 준비를 하면서,
윤아는 온갖 장난감을 거실로 가지고 나와 어지럽게 놀면서.

남편은 마당을 가로질러 현관으로 들어오며 우리 둘을 본다.
유리창에 코를 박고 기다리는 34개월 여인네.
커다란 남편 신발에 발을 넣고 갸우뚱거리는 34살 여인네.
두 여자의 사랑이 느껴지는 풍경이라고 주장하고 싶으나
요즘 남편의 낯빛을 보면
글쎄, 뭔가 다른 생각을 하고 있는지도.
회사 분위기가 뒤숭숭하다는데
앞으로 이 딸내미 둘(?)을 어찌 키워내나…
그런 생각을 하는 것 같기도 하고.

껴지는 것이
사랑일 수도. 혹은
가장의 무게일 수도.
요즘의 남편은
어떤 쪽일까.

41

# 공간의 위로

동네 목욕탕 욕탕 주위에 올려둔
물건들의 세상을 상상하는 일.
창틀에 미미나 쥬쥬를 앉혀놓고 인형놀이를 했던 일.
저녁 무렵에야 볕이 드는, 어느 아파트 뒤편에서
작은 흙밭을 발견했던 일.
노트 한 권 가득 그려 넣었던 인형의 집.
《탐구생활》 페이지마다 붙여 넣었던 답 쓰는 공간.
설레고 좋아했던 것에는
항상 알게 모르게 '공간'이라는 것이 있었다.
우산을 가지고 놀기 좋아했던 그때의 기억에도
역시 공간이 있었다.
아마 이게 내가 일기를 쓰는 이유일지도.

타닥타닥 토닥
토닥토닥
우산이 나를
꼬옥 껴안는다.

아기띠 + 마법 + 비
출산 경험자의 요통을
증폭시키는 삼박자.

뼈가 약해서 손목, 발목 안 아픈 곳 하나 없는 나는
그중에서도 허리가 유독 약해
윤아를 안는 게 정말 버거웠다.
만삭 때 아기가 자꾸만 밑으로 내려오자
허리 통증이 극에 달했는데
차라리 아이를 낳는 게 이보다 덜 아프겠다 싶을 정도였다.
(지금도 이 생각은 변함이 없다.)
아이가 혼자 굴러다니다가 잠들게 되기 전까지
수많은 낮과 밤, 안아 재워야 했을 때에는
정말 내 허리에게 미안할 정도였다.
윤아의 낮잠 시간, 단유 끝 다시 시작된 '마법'이 합쳐지고
가는 날이 장날이라고 비까지 추적추적 오기 시작하면
아….

아기띠와 '마법'에겐 화풀이할 수 없으니
괜한 화살을 비에게 돌려본다.

복숭아를 먹을 땐
말이 필요 없다.

가끔
적막이 좋다.
매년 7월쯤이 기다려질지도 모를 일.

44

## 그때도, 지금도

지난주까지 집에 와 계시던 엄마가 쓰던 이불, 베개를
일주일이나 더 거실에 뒀다 집어넣었다.
요즘 들어 자꾸 누군가와 같이 살고 싶다는 생각이 든다.
살면서 생기는 크고 작은 일,
좋고 나쁜 일, 그로 인해 생기는 마음의 소란도
나 혼자 껴안기엔 아직 부족한 어른인 것 같다.
문제가 생기면 무엇부터 손대야 할지 잘 모르겠고
그러다 결국 아무것도 하고 싶지 않아지기도 한다.
곁에 두고 시시콜콜 상의할 대상이 필요한 걸까,
에둘러 쿨한 척 생각해보기도 했지만
실은 나는 아직도 어딘가에 치대길 좋아하는 사람인 것 같다.

"나는
사람 손을 많이 타는
사람입니다."
라고 쓰인
4년 전의 내 일기.

허밍도
동요가 아니면
허락치 않는다.
조만간
내가
사라지거들랑...

노래방 간 줄 알아라….

라디오에서 흐르는 노래.
'아, 이 노래 정말 좋아했던 노래인데' 하며
흥얼거리기 시작한 지 채 10초도 안 돼서
아이가 징징댄다, 하지 말라고.
기저귀 갈면서 흥얼대는 노래도, 방 닦으며 흥얼대는 노래도
모두 다 싫단다.
(너, 엄마가 즐겁게 일하려는 모습은 안 보이니?)
"너 싫으면 어쩔 건데? 난 그래도 할 거야" 하며
따라 부르면 그만이겠지만
징징대는 소리를 내가 견딜 수 없어 그냥 굴복한다.
그랬더니 급기야…
며칠 전부터는 노래방 생각이 간절해졌다.
하긴, 이것도 업무 스트레스인데 노래방 정도는
가줘야 풀어지잖아!
노래방 가고 싶다, 진짜!!!

# 46

# 까닭 모를

많은 빨래를 널기 위해
거실로 빨래 건조대를 두 개나 들고 나온 날.
윤아가 아래로 들어가더니 하필 먼지가 찐득하게
제일 많이 묻은 곳을 손으로 만져댄다.
할 수 없이 비닐을 가져와 아이가 만지지 못하게
빨래 건조대를 감싸 매는데
이제는 파팍팍! 비닐을 죄다 뜯어놓는다.
순간 화가 솟구친다.
비닐을 뜯는 윤아 손을 거세게 낚아채서는
"하지 마, 하지 말라고! 엄마가 하지 말랬잖아!" 하며 윽박질렀다.
곧바로 닭똥 같은 눈물을 뚝뚝 흘리는 윤아.
소리치면서도 '아, 안 되는데…. 이제 그만해!' 하는
내 마음의 소리가 분명히 들렸다.
그런데 멈춰지지가 않더라.
별것도 아닌 것에,
고작 빨래 건조대에….

"그만해!
그만하라고!"
마음속의 내가
나에게
소리친다.

47

# 매일 이별

어제 못 했던 말을 오늘 하고
오늘 못 하는 말을 내일이면 하겠지.
몸무게 늘어나는 속도는 이제 줄었는데
그 외의 것들은 서운하리만치 속도를 내고 있다.

아침에 일어나 부스스 눈 비비며 인사하는
아이 얼굴을 살펴보니
어제 모습이 영 보이질 않네.
괜히 맘이 토라진다.
자식이… 급하게도 가네.

48

# 무기력

비 한 방울 없이 바싹바싹 마르는 날씨 탓을 하고 싶지만,
아니다.
하고 싶은 일을 찾았지만 벅차기만 한 이 현실 때문에
기운이 다 빠진다.
그래서 요즘 전에 없던 낮잠을 아이와 함께 잔다.
에라 모르겠다, 하면서.
최선의 방법을 찾아보려고 머리를 굴리고 펜을 굴려보지만
그 틈을 비집고 윤아가 들어온다.
뒤척이는 아이를 토닥이니 내 다리를 잡고 잠이 들었다.
내 직업이 엄마가 아니었다면
책을 준비하는 게 지금보다 더 수월했을까?
문득 책에, 내가 얼마나 힘들게
이 책을 내게 되었는지도 꼭 쓰리라 마음먹었다.
이 역시 꽤 힘든 육아의 일부분이니까.

허청거리는 모기가
마음에 앉았다.
돌아누워도
매번 똑같은
불쾌지수.

자유로웠던 생활이
군대처럼 규칙적으로
변했다고 힘들어할 땐
언제고... 왜 또
저시간에 딱딱
잠들지 않는다고
지랄일까 나는...

49

# 이 구역 미친 년

새벽에 일어나 엉엉 운다.
그러더니 새벽 3시 반부터 4시 반까지
우는 것도 아니고 자는 것도 아닌 상태.
한 번 폭발하고 나니 사태를 해결해야겠다는 생각조차 없어졌다.
결국 거실로 나가 놀겠다는 윤아를 그러라며 풀어주고
그 옆을 지키고 앉았다.
부엌놀이 시작. 뽀로로도 소환하고 인형도 소환.
동이 틀 무렵 텔레비전을 틀어달라기에 오냐, 그래 보아라.
맘껏 틀어줬더니 춤추기 시작. 그 후로 난 기절.
한참 후 눈을 뜨니 아침 8시.
샤워로 정신을 차리고 나와보니
시끄럽게 지저귀는 텔레비전 앞에서 그제야 아이가 뻗어 있다.
마치 클럽에서 밤새 진탕 놀고 아침에 뻗은 것처럼.
이렇게 하얗게 새벽을 불태워 체력마저 탈탈 털린 날엔
나만 정신 나간 여자가 된 기분이다.
남편은 화 한번 안 내며 온화하고, 애는 애니까 그렇다 치고,
결국 욱하고 마는 나만, 나만…. 아아….

윤아야.
우리..기저귀 떼지 말까?
어쩐지 너무 생각날
네 고소한 냄새.

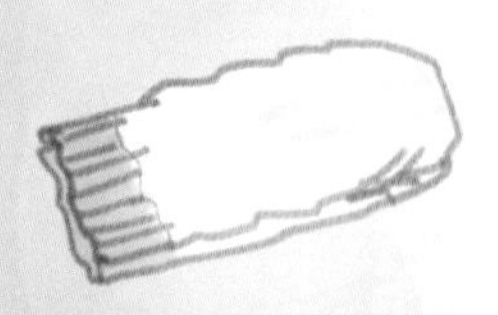

## 50 / 쉬야블라썸

출산 후 꽤 오랫동안 어떤 섬유 유연제도 쓰지 않았다.
흔히들 '아가 냄새'라고 하는 분유 냄새 나는 파우더도
쓰지 않았다.
그래도 윤아에겐 늘 고소한 냄새가 붙어 다녔다.
내가 가장 좋아하는 윤아 냄새.
배에 뽀뽀를 퍼부으면 올라오는 냄새.
향긋하지는 않지만 킁킁거리고 싶은 냄새.
단연코 그 어떤 것보다 향긋한 냄새.

그런데 언젠가 기저귀를 갈면서
그 윤아 냄새의 정체가 바로,
기저귀에 밴 오줌 냄새라는 걸 알았다!
이럴 수가.
이제 아이가 기저귀를 떼면
더 이상 이 냄새를 맡을 수 없는 거라니.
아, 기저귀 떼기를 조금 미루고 싶다.

"수고했어, 오늘도!" 하고
내게 말해준다면
모든 걸 내려놓고 잠시 쉴 수 있을 텐데.

# 셋_ 흔들려도 괜찮아

혼자서도 척척 카시트에 잘 앉던 녀석이
며칠 전부터 "융나가 엄마 무릎에 앉아"라며 카시트를 거부한다.
"자동차가 달릴 땐 의자에 꼭 앉아 있는 거야"라고 했더니
결국, 폭발했다. 발을 동동 구르며 울고불고….

무엇이 옳은지 그른지, 적합한지 아닌지
아무런 생각도 판단도 할 수 없는 몇십 분이 흘렀다.
그렇게 반 포기 상태로 30분 정도를 묵묵히 참던 남편이
조용히 창문을 내린다.
갇혀 있던 아이 울음소리가 밖으로 나가고
습하고 더운 공기가 시원한 에어컨 바람 사이로 훅 들어온다.
달리는 차 소리와 울음소리가 섞인 혼돈의 질주.
그렇게 우리는 목적지를 향해 그저 달리고 또 달렸다.

육아가 힘든 건 참아야 하기 때문이 아니다.
참아도 참아도 도망칠 곳이 없기 때문이다.

육아는
달리는 차 안과 같다.
도중에
뛰어내릴 수가
없다.

52

## 완벽한 가족

윤아가 텔레비전 보는 틈을 타
녀석 발가락 사이사이 많이도 낀 먼지를 닦는다.
나중엔 이런 것도 싫다고 하겠지?
내 앞에서 엉덩이를 까고 그림 그리기에 열중하는 일도,
목욕하다가 그대로 응가를 해버리는 일도,
발가벗고 온 집 안을 휘젓는 일도….
내 앞에서도 부끄러움을 느낄 윤아의 모습을 생각하니
어쩐지 저릿하며 서운함이 밀려오려던 찰나,
씻고 나와 팬티만 달랑 걸친 남편이
몸에 붙은 모든 지방을 편하게 풀어놓은 채
옷방으로 걸어가는 게 보인다.
살찐 엉덩이를 아무렇지 않게 씰룩이면서.
역시,
비워지는 게 있으면
채워지는 게 있구나.

부끄러움을 잃어가는 그도
부끄러움이 생겨갈 너도
가족이라는 울타리 안에서라면
그래.
섭섭해하지
말아야 하겠지.

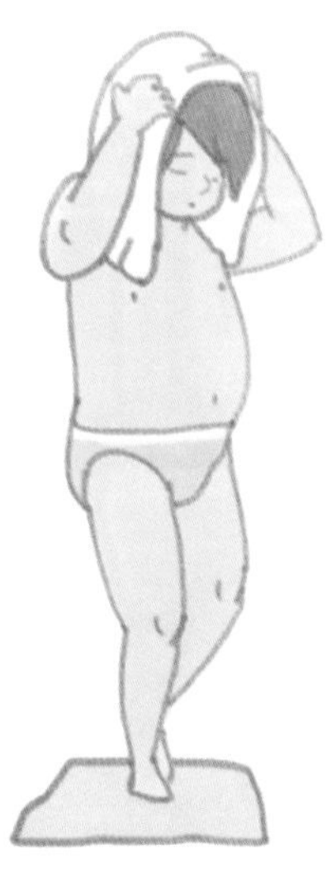

아무렴 어때.
잘 자르면 이쁠테고
못 자르면 귀엽겠지.

53

## 기장 추가 없음

윤아는 지금 폭풍 성장 중이지만
머리카락은 아주아주 천천히 자라고 있다.
앞뒤 모두 삐죽 나온 부분이 생겼는데
고작 이걸로 미용실에 갈 순 없으니
결국 내가 가위를 들었다.
음… 결과는,
망한 것도 흥한 것도 아닌 상태.
그저 '자른다'에 충실한, 무계획의 스타일이었는지라.
머리띠를 끼면 천상 여자처럼 보이나
그대로 두면 더, 더 남자 같기도 한 그런 스타일이 되었다.
뭐… 눈… 눈만, 안… 찌르면 됐지, 뭐….

54

# 울고 싶은 날

윤아가 7, 8개월쯤 되던 때였나.
새벽에 깨서 아주아주 심하게 울고 보채는 일이 반복되곤 했다.
그 어떤 걸로도 아이 울음이 멈추지 않던 그날,
놓지 말자, 놓지 말자, 다짐했던 정신줄을 딱 놔버렸다.
나도 같이 대성통곡을 했다.
그러자 잠에서 깬 남편이 조용히 일어나
윤아를 토닥이며 작은방으로 가버리는 것이다.
어쩌면 그것은 난리 법석을 정리하기에 가장 좋은 방법이었지만,
내가 기권패를 선언한 이상 그가 할 수 있는 유일한 일이었지만,
내가 기댈 수 있는 유일한 사람이 사라지는 것이기도 했다.
사라진 남편에 대한 알 수 없는 원망이 스멀스멀 올라왔다.

동이 트고 모든 상황이 정리되었지만
남편과 나 사이는 살짝 데면데면했다.
마치 싸우고 화해하지 않은 날처럼.
왜 그랬을까? 그저 내가 좀 더 성숙했다면 모든 게 쉬웠을 텐데.
참, 어렵다.

울고 있는 두 사람 중
한 사람만 구제되는
냉혹한 세계..

두 돌이 얼마 안 남은 아이.
요즘 눈만 마주치면 끌어안으며 서툰 발음으로 말한다.
"엄마, 사양해. 너무너무 사양해.
융나가 엄마를 좋아해요.
엄마도 융나를 좋아해요.
이~만큼 사양해."
서서 기저귀를 갈 때면 내 목을 꼭 끌어안고
쉬야 냄새를 솔솔 풍기며 해주는 깨소금 같은 사랑 고백.

아, 감개가 무량.
이 세상 어느 누가 내게 이런 절절한 고백을 해줄까 싶어서.

"엄마, 사양해.
융나 행복해."

아.
사양할 수 없는
황홀한 고백.

차려놓고 보니
오히려
네가 나를
기쁘게 해주는구나
하고 느낀,
쉬어버린 미역국
먹던 날.

메뉴를 고민하고
장식들을 힘겹게 달고
주문한 케이크도 찾아오고
선물도 한편에 놓아두고
준비된 모든 것들을 발견하고 좋아하는
윤아의 사진을 찍게 되어 기뻤던 것도 잠시.
미역국을 두 입 정도 먹던 윤아가 고개를 돌리며 거절한다.
몇 번 더 권했더니 억지로 응하고는 다시 고개를 돌린다.
'왜 그러지?' 하고 맛을 봤더니 세상에….
전날 만들어둔 미역국이 쉬었다.
아, 제일 중요한 음식인데 너무 서둘러 준비했던 걸까?
역시 마음이 앞서버리면 이런 일이 일어난다.

내가 아니라
애를 위해서라는
핑계.
남발하면
안 되지만...

# 폭주족 검거

신생아 때보다 덜 깨긴 하지만
남편이 숨을 휘몰아 쉴 때 윤아는 여전히 뒤척뒤척 잠을 설친다.
윤아가 잠을 설치면 도미노처럼 내 잠도 홀랑 달아난다.
그러지 않아도 출산 전후 내 수면은 얕고 짧아졌는데
밤마다 옆에서 오토바이를 타는 남편 때문에
수면의 질이 더 나빠졌다.

급기야 준비한 코골이 방지 밴드.
후기가 괜찮았던지라 기대가 꽤 컸는데
결론부터 말하자면 "썩을…, 불태워버려"다.
수면에 방해가 되지 않을 정도로
얇고 가벼운 재질로 만들어져서인지
부쩍 살이 오른 남편의 턱을 이기지 못하고 맥없이 축 늘어진다.
헐겁게 붙이자니 남편 코골이에 시달려야 하고,
세게 붙이자니 남편이 너무 아파할 것 같아 죄책감이 든다.
그럼에도 불구하고 오늘 밤엔 피가 안 통하도록 좀 조여봐야겠다.
엄마의 잠은 소중하니까.

58

# 후회

문화센터 요리수업 시간.
가만히 앉아 있지 않는 아이를 잡으러 다니느라 애를 먹다가
결국 다른 엄마들과 선생님의 눈치만 보다 끝나버렸다.
아이에게 정색하며 손을 낚아챘다, 강압적으로….
집에 와서 생각한다.
좀 참을걸.
부드럽게 말할걸.
애초에 가만히 앉아서 들어야 하는
요리수업 따윈 신청을 말걸.
후회… 또, 후회….

촉촉한 사람 되는 게
이리도 어려울까.
폭염 아니면
폭우라니…

59

## 낮잠 훼방꾼

인생의 3분의 1은 잠이라는데
윤아 인생의 3분의 1 중 남편이 깨운 건 얼마나 될까.
들락거리는 소리, 코 고는 소리, 냉장고 문 여닫는 소리….
작은 소리에도 민감하게 반응하던 신생아 시절,
눈치 없는 아니 요령 없는 남편이 너무 얄미워서
부단한 설명과 가르침으로
조용조용 소리 덜 내는 방법들을 전수했건만
윤아가 자는 동안만이라도, 아니 잠들려고 하는 순간만이라도
제발 찍소리 내지 않고 조용히 있어줄 순 없나?
그게 그렇게도 힘든 일일까?

며칠 전 편의점을 다녀온 남편이
비닐봉지에서 박카스 병을 달그락달그락 꺼내
냉장고에 진열했을 때,
그 소리를 들은 윤아가 아빠에게 가겠다며 일어났을 때,
그를, 우주로 보내버릴 뻔했다.

다 된 낮잠에
아빠 뿌리기...

단골식당
주방 실태를
우연히 본 것 같던
충격의 도가니탕.

## 60 / 영원한 비밀은 없다

아이 아빠에게 목욕을 부탁한 날
욕실에서 소리가 들려온다.
"깔깔깔, 꺄흐흐흐, 우캬캬캬~"
환희에 가득 찬 소리들이 발사되기에
무뚝뚝한 아빠지만 목욕할 때는
은근 웃겨주는구나, 했던 착각의 나날들.

어느 날 문을 열고 빼꼼히 들여다보다 그만 보고 말았다.
대청소한 지가 언제인지 기억도 안 나는 그곳,
벽에 물 바가지를 퐈퐈퐈 뿌리자
보이진 않지만 분명히 존재할 곰팡이와 혼연일체가 되어
윤아가 놀고 있는 모습을.

아, 어째 미친 듯이 웃더라니.
맞다, 강한 긍정은 강한 부정이라고 했지.

훅 치고 들어와
놀라앉은 바람.
흔들리는 걸 보니
시월이구나.

해가 짧아진 어느 날,
아이와 함께 공원 해먹을 타며 퇴근한 남편을 기다린다.
그런데 윤아가 눈을 몇 번 끔벅이더니 잠이 들었다.
6시 반에, 밖에서.
이윽고 핸드폰도 눈을 몇 번 끔벅이더니 까무러쳐버렸다.
오늘 하루, 쉴 틈 없이 전력 질주를 한 두 놈이
내 팔을 하나씩 차지하고 누워 세상모르고 잠이 들었다.

살랑, 바람이 부는데
해먹이 흔들흔들…
누군가가 이 적막을 뚫고
"수고했어, 오늘도!" 하고 내게 말해준다면
전력 질주했던 나 역시 모든 걸 내려놓고
잠시 쉴 수 있을 텐데.

62

# 아껴줄 한 사람

열 살이 되고, 스무 살이 되고,
부모와 하는 뽀뽀가 멋쩍어지는 나이가 되면
볼에 침 다 묻히고도 좋아했던
그런 뽀뽀와는 조금 다른 것들이 필요하다.
서로를 아낀다는 느낌을 여전히 주면서도
어색함이나 거부감이 들지 않는 것.
내게 그것은 엄마가 등을 긁어주는 일이었다.
그 스킨십은 내게
마치 어미 개가 새끼 개를 핥아주는 것 같은
그런 원초적인 보살핌 같으면서도
전혀 거부감이 들지 않는, 자연스러운 것이었다.

몇 해를 살았든지 간에
모든 사람에게 자신을 아이처럼 아껴줄
한 사람이 꼭 필요하다.
특히, 가을엔….

무언가가 필요하다.

다른게...

하면서도

아이처럼 아껴줄

그런

마음

비슷한거.

63

## 의존증

파팟!
정신이 들어오는 전원 버튼.
하루 한 잔 정도 마시던 커피가
몇 달 사이에 두어 잔 정도로 늘었다.
그저 입가심 정도의 기호 식품이었는데
이젠 그걸 넘어섰다.
야근이 잦은 광고 회사를 다닐 때에도 이렇게 커피를
여러 잔 마시곤 했는데
이제 보니 엄마란 직업도 그에 못지않게
'커피 파워'가 필요한 일인가 보다.

눈뜨면 생각나기도 하고 식후에도 생각나는,
윤아가 유난히 힘들게 하는 날 더 간절해지는,
고된 노동을 마친 나 자신에게 주는 얼마의 품삯.
홀로 회포를 푸는 시간.
텔레비전을 보거나 책을 읽는 것과는
비교할 수 없는 간편한 즐거움.

커피를
피운다.

잃은 것과
얻은 것의 계산마저도
흘러간다. 하얘진다.
너
내게 왔을 때처럼.

64

# 이사

최근에 하고 있는 일은 대부분
'지금이 아니면…'이라는 이유를 달고 이루어진 경우다.
전원으로의 이사 역시 그랬는데
기대 반 두려움 반의 이사였다.
이 동네엔 쉽게 갈 수 있는 밥집도 거의 없고
오른쪽 집은 거의 빈집, 왼쪽 집은 아예 빈집,
뒷집은 지어지고 있는 중이라 이웃도 없다.
물건을 쉽게 살 만한 곳도,
아플 때 달려갈 가까운 병원도 없다.
그래도 오고 나니 좋은 건 어쩔 수 없다.
그것들을 뺀 나머지는 다 좋으니까.

세 번의 겨울에 들어서며
감히 조금
모성... 비슷한 것이
생긴 것도...

65

# 모성

아가씨 때는 아기가 배 밖으로 나오는 순간
모성이 생길 거라 생각했고
출산 후에는 모성이란 게 대체 내 안에 있기나 한 건지
기약조차 없어 보였다.
계속 이런 상태로 가다가는 세상에서 모성 없는 첫 번째 엄마로
기네스북에 오르지 않을까 싶었다.

그렇게 윤아 25개월, 세 번째 같은 계절에 들어서고 보니
모성이 생기는 시기는 어쩌면
누구에게나 비슷하지 않을까 하는 생각이 든다.
앞서거니 뒤서거니 하겠지만 대략 2년 정도 되면
'보통의 모성'이라고 할 수 있는 정도의 양이 채워지는 것 같다.
조바심 낼 필요도, 성질낼 필요도 없었다.
만약 누군가가 "넌 2년 뒤에는 반드시 모성이 생길 거야"라고
믿음을 주었으면 덜 힘들었으려나 싶기도 하다.
언젠가 출산을 할 사람들에게 미리 말해줘야겠다.
"반드시 생겨요, 2년 뒤에. 당신의 모성."

66

# 행복의 기준

소고기는 국에 들어 있는 것만 먹는다.
무는 피클로 먹되 국에 든 것은 잘 먹지 않는다.
피클은 엄지와 중지로만 잡고 먹는다.
식사 중에는 그릇들이 제자리에 있도록 자리를 조금씩 다잡는다.
마지막에는 항상 국을 사발째 들이켠다. 이것이 윤아의 식습관.
아이 옆에서 허겁지겁 밥을 먹다 생각한다.
그래, 밥을 끼니가 아닌 식사로 취할 수 있다면
그것이야말로 정말 행복한 삶이지.

오랜만의 외식, 야외에 자리를 잡고 밥을 먹는데
윤아는 철퍼덕 바닥에 앉아 놀고만 있다.
"무당버예야 안넝? 꺄흐흐, 나는 윤나야.
무당버예야, 이거 푸이야. 자, 푸 머거바."
주변의 곤충들에게 풀을 권하며 본인 입으로도 쓱 가져간다.
'뱉겠지, 제까짓 게. 저 맛없는 걸' 하며 보고만 있는데
뱉지도 않고 그렇다고 씹지도 않고 오물오물 먹는 놀이를 한다.
어쨌든 '행복한 삶의 세 가지 요소'가 완벽히 충족된 모습이다.

돈 걱정 없이 메뉴를 정하고,
시간을 유보하지 않으며,
신념에 따라
식사를 하는 삶...

67

# 심야식당

이사 후 아침저녁으로 물건들 제자리를 찾아주는 일을 하다 보니
시도 때도 없이 허기가 진다.
아빠랑 한 시간 넘게 칼바람을 맞으며 창고에 넣을
선반을 조립했던 날이었나.
저녁을 거하게 먹고 잠이 들었는데 새벽 1시 잠에서 깼다.
그러고는 3시가 다 되도록 눈이 말똥말똥.
결국 엄마와 아빠가 자고 있는 곳으로 갔다.
"엄마… 잠이 안 와…"
"으응?"
"엄마, 배고파. 밥 먹고 싶어."
그 새벽에 엄마가 해오신 두부조림을 얹어 밥 한 그릇을
찹찹찹 다 먹었다.
두부조림도 내가 데우고 달걀 프라이도 내가 했으니
엄만 그냥 앉아만 있어주신 거다.
딸네 집에 온다고 거금 4만 원을 들였으나
정말 마음에 안 들게 나왔다고 투덜거렸던
이상한 파마머리를 하고서.

두부덮밥이
자리를 뜰 때까지
가만히 기다려주는
새벽 3시
나만의 심야식당.

상상하던 모든 것이
이루어진 21세기에
하나만 먹어도
배부른 알약이
아직 없다니…
아,
저녁 하기 싫다.

# 68 / 저녁놀

결혼할 때 사다놓은 맥주가 몇 년째 그대로 남아 있을 만큼
집에 술 먹는 사람이 없는데
요즘 우리 집 냉장고엔 항상 맥주가 있다.
누가 올 때만 먹던 맥주를 오늘은 괜히 한 캔 따서 혼술.
윤아는 늦게까지 낮잠을 자고, 남편은 게임 삼매경.
엄마가 사다둔 전기장판에 배를 지지면서
육포를 뜯자니 시간 참 잘~ 간다.

후다닥 저녁노을이 지고
아, 밥통에 밥이 없구나 하고 깨닫는 순간
왜 아직 한 알만 먹어도 배부른 알약 같은 건 안 나오는 걸까.
진심으로 아쉬웠다.
12월 31일 제야의 종소리는 애 재우다가 사뿐히 넘어갔고
1월 1일 아침은 빵으로 상큼하게 시작해 맥주로 마무리.
새해엔 모쪼록 '가족 건강'이라는 복을 많이 주시고
'저녁밥 안 하고 놀아도 되는 날'이라는 복도 좀
같이 주옵…소ㅅ…컥….

# 무명 이름없는 여인

이 놈의 바깥양반 놈
박하기도 어지간허다.
이 몸은 무촌이라 무명인가.
우라질…
호면지기가 따로 없구나.

소로소로

# 무명, 이름 없는 여인

최근 몇 달은, 아니 더 오래전부터
이유 없이 감정이 기우는 날들이 많았다.
누구와 싸운 것도 아니오, 특별한 일이 있는 것도 아니었다.
최근에 알았다.
그 이유가 남편이 나를 무어라 칭하지 않았기 때문이라는 것을.
내가 남편을 '윤아 아빠', '남편', '오빠' 혹은 애칭으로
부르는 것에 반해 남편은 나를 '누구누구야', '여보', 별명,
하다못해 '야!' 라고도 하지 않는다.
(본인에게 물어보면 언제 그랬냐는 답.)
어쨌든 그렇게 나는… 이름 없는 상놈, 아니 무명이 되었다.
아이를 낳은 후 '윤아 엄마' 라고 불러주었다면
그래도 덜 허전했을 텐데
남편은 나를 '윤아 엄마' 라고 부르지도 않는다.
그저 할 말이 있으면 옆에 와서 하거나
내가 옆에 오길 기다렸다 말했다.

같은 말을 하더라도 앞에 나를 칭하는 말을 먼저 붙여주면
없던 정도 생길 텐데
지난 몇 달간 그런 기억이 전혀 없음을 깨닫고는
갑자기 삶의 탄력이 사라지며
투명인간이 된 것 같은 기분이 들었다.
그리고 깨달았다.
내게는 남편이 나를 어떻게 불러주는지가
굉장히 중요하다는 것을.
아니, 어쩌면 '어떻게' 부르는가보다
'부른다'는 그 행위 자체가 중요하다는 것을.
누군가가 나를 불러준다는 것은
쓰담쓰담하듯 가벼운 스킨십과도 같은 행동이라는 것을.

70

# 계속 하시겠습니까?

처박아두었던 노트북을 꺼내 들고
작업을 하러 동네 카페로 향했다.
시끄럽게 엉켜 있는 노트북 선 하나에도
두려움이 몰려오는 얕은 의지를 갖고서.
몇 년 만에 전원을 켠 노트북은 또 까아만 화면에 하얀 글씨.
닦달하듯 끔벅이는 커서. 하아, 컴맹의 한숨.

어찌어찌 겨우 켠 노트북 한 귀퉁이
시계가 바람맞은 사람처럼 2013년에 우두커니 서 있다.
늦어도 한참 늦었다.
한때는 밤을 새워 그렸던 것들이 바탕화면에 나뒹구는데도
마치 꼴 보기 싫은 증명사진처럼 선뜻 손이 가질 않고.
으… 오랜만에 꺼내보는 익숙한 것들 앞에서
아무도 몰래 빨개진다.
쓸데없는 용기는 잘도 생기더니
붙들어놔야 하는 용기는 없어져만 간다.

시작도
하기 전에
올라가는
엔딩 크레딧!
네가
내 미래가
아니기를...

처자식
먹여 살리겠단
책임감에 한 번,
우리 집엔 노란 그릇이
없단 사실에
또 한 번, 놀람.

외출을 하는 내게 알아서 먹이겠으니 걱정하지 말라고 했다.
설 전에 샀던 닭 가슴살 포장 그릇.
샛노란 색이 예뻐 물감놀이 때 쓰려고 씻어뒀는데
하고많은 그릇을 제치고 윤아의 밥그릇이 되었다.
그래도 혹시나 해서 박박 씻어둔 게 참 다행이다 싶을 때쯤
시뻘건 케첩 범벅인 밥이 눈에 들어왔다.
가끔 남편에게 "제발 뭐라도 좀 해"라고 말하고 싶었는데
이젠 어지간하면 아무것도 건드리지 말라고 하고 싶다.

깁스한 팔로 애써 차렸을 생각을 하면
살짝 짠하긴 하지만.

72

# 보고 싶은 얼굴

바로 눈앞에 있는데 보고 싶다고 울먹이는 건 뭘까.
정작 내가 밖에 나가 있으면 잘 찾지도 않으면서.
굉장히 다급하게 뛰어오기에
왜 그러냐고 물으니 '보고 싶어서'란다.
마음이 일렁일렁하다가
'이거, 뭐… 보고 싶다는 의미를 알긴 하는 걸까?' 싶기도 하고.
누워도 보고 싶어서 슬프다,
엎드려도 보고 싶어서 슬프다 하니 참 나….
그래서 난 오늘도
그저 옆구리를 바닥에 대고 누워
상체만 있는 대로 빳빳이 쳐든 채
에어로빅 자세로 하루를 난다.
"옜다. 보고 싶은 얼굴!"이라고 하면서.

아이고,
만삭도 아닌데
업드릴 수가
없다.
보고 싶다는 이유로.

73

# 배도라지 퐁당

한밤중에 목이 말라 냉장고를 열어보니
한 귀퉁이에 배도라지청이 꽁꽁 얼어 있네.
어머니 코 고는 소리 조그맣게 들리네.
가족들이 잠든 밤,
그제야 맘 놓고 쓸 수 있는 내 일기.
배도라지차 한 잔 들고 책상에 앉았는데
책상 위 컵 안에 잠들지 못한 불빛들이 퐁당퐁당 들어가 있다.
자, 일을 시작해볼까. 우두둑우두둑.
엄마의 배도라지차가 책상 위에 터억 하고 올라앉는 순간
낮에 마셔댄 커피들이 깨갱 꼬리를 내리는 것만 같다.
누가 누구를 무력화할지는 지켜봐야 알겠지만….

졸지 마라
졸지 마라 하는 커피.
푹 자라 푹 자라 하는
엄마의 배도라지.

"너,
인내심 좀 있니?"
출산 날을 잡은
사촌 동생에게
요약해준 육아.

# 니 생애 봄날은

아직 새댁인 사촌 동생이 제왕절개를 결정했단다.
통화에서 오랜만에 모유 수유, 신생아, 트림…
이런 단어들을 쓰고 있자니
먼 옛날 이야기 같기도 하고, 바로 엊그제 일 같기도 하고.
"언닌 어땠어? 어떻게 그 많은 걸 다 해?"라고 묻기에
"어땠긴. 죽는 줄 알았지…"라고 답하며
긴 한숨과 여백을 덤으로 붙여줬다.
몇 달 전 통화에서 했던 이야기를 다시 반복하면서.
그래도 한 가지 희망이 있다면
나 같은 사람도 해냈으니 너무 큰 걱정은 하지 말라는 것.
그리고 차마 말하지 못한 것은
넌 이제 봄날 다 갔다는 거….

75

# 어린이집에서 온 전화

어린이집에서 걸려온 전화.
“아, 윤아 어머님… 어떡하죠? 죄송하게… 되었어요.”
담임 선생님의 목소리가 들려온다.
윤아가 친구들이랑 놀다가 친구가 던진 탬버린에 코를 맞았다고.
벌써 이래저래 세 번째, 세 번째 다치는 일이었다.
“아…, 네에. 놀다 보면 뭐…” 하며
상대가 마음 다치지 않을 만큼의 적당한 대답들을 건넨 건
실은 나 스스로 덤덤하고 싶어서였다.
어릴 적 내가 다쳐 돌아오면 다그치듯 나무라던 엄마의 모습에
마치 큰 죄를 지은 것처럼 불안한 느낌이 들어 참 싫었다.
‘조금 다쳤다고는 하지만 얼굴 한가운데 흉이 생기면 어쩌지?’
온갖 생각이 다 들고 한숨이 푹푹 나온다.
핸드폰을 만지작만지작, 기사를 넘겨보다가 문득 정신이 들었다.
그 기사에는 하늘에 뜬 신기한 리본 구름,
3년 만에 수면 위로 나온 커다란 배 한 척,
그리고 아이를 잃은 어느 어머니가 울부짖는 사진이 있었다.

우뚝 멈춰 선 발걸음 대신
답답하던 심장 소리가
발을 동동
구르고 있다.

"나무야~ 쑥쑥 커야~!"
물을 주며 하는 아이의 말이
어 째 내 게 하 는 것 같 다 .

# 넷_ 안녕, 꿈나무

상처가 나도록
매를 들어주는 엄마가
너무 싫었다
생각해보면
내가 지금 너에게도...

그 시절 엄마에겐 목욕탕 가서 본전을 빼는 게
그 무엇보다 중요했을 테니, 이젠 이해한다.
그래도 매번 갈 때마다 사포로 민 것 같은 상처가 생기고
그 상처가 나을 때쯤이면 또 주말이 돌아와
목욕탕에 가는 게 어찌나 싫었던지.
상처 나는 게 싫다기보다는 아프다고 말하는데도
"이게 뭐가 아파?" 하며 마치 무통주사라도 맞은 사람처럼
공감해주지 못하는 엄마의 모습에 진짜 속상했다.

그런데 최근 들어 윤아가 떼를 쓰면 내가 그렇다.
무통주사 한 박스 맞은 사람처럼.
다들 아이 혼낼 때 애처롭고 맘이 아프다는데 난 왜 이렇지.
상황은 다르지만, 내 아픔에 공감하지 못했던 엄마처럼
나도 똑같이 윤아를 대하고 있는 것 같아 찜찜하다.
하지만… 이런 생각도 든다.
'무서운 게 없는 애'보다는
'무서운 게 하나쯤 있는 애'가 더 낫지 않을까?

77

# 어떤 쉼

카페 옆자리, 어느 가족이 앉아 있다.
아내가 아이를 데리고 잠시 자리를 비운 틈을 타
남자가 가장 편한 자세로 조용히 하늘을 가져본다.
얼마 지나지 않아 아내와 아이가 돌아오자
얼른 팔을 내리고 옆에 있던 커피로 목을 축인 후
아내가 기저귀 가는 것을 돕는다.
어쩐지 그 모습이 우리 남편 같아 짠하다.

쪽빛 하늘 아래
흑백의 남자는
어떤 수수께끼를
묻지 못해
한숨짓나요.

멋진 것을 볼 땐
엉덩이를 모아야해.

# 나누고 싶은 바다

"윤아야. 블록 친구들 뭐 하는 거야?"
가지런히 놓아둔 블록을 가리키곤 으쓱하며 윤아가 말한다.
"바다 봐요. 블록 친구들이 바다 보고 있어요."
가끔 바다가 정말 예쁜 날,
혼자 보기 아까운 날이 있었는데
그래, 이렇게 블록 친구들과라도 나눠야겠다.
나도 바닥에 납작 엎드려본다.
그런데 바다보다 잘 보이는 건
바닥의 머리카락….
으헉….

79

# 독립 만세

양껏 시달렸던 지난 28개월을 뒤로하고
"시끄러운 사람들은 시끄러운 사람들끼리 자라" 하고
내가 거실로 나왔다.
안방마님의 잠자리 독립.
윤아의 뒤척임에 한 시간마다 잠에서 깨던 내가,
윤아 아빠의 코골이에 누워서 '방댕이 킥'을 날리던 내가
드디어 자유로워졌다.
내가 독립함으로써 윤아도 자연스럽게
잠자리 독립에 가까워지지 않을까, 기대하면서.
아… 별이 밤하늘에서 쏟아진다.

절이 싫으면
중이 떠나는
현명한 이별.
안방마님의
잠자리 독립.

아빠가 엄마를 속상하게 할 때(라고 쓰고 '빡치게 할 때'라고 읽는다) "그러게 뭣하러 아빠랑 결혼했어?" 하고 어쩌면 엄마 인생을 송두리째 부정하는 것일지도 모르는 질문을 던진다.
엄마는 예상과 달리 "그럴 걸 그랬다" 하고 선뜻 답하지 못한다.
"그럼 네가 안 나왔잖아"라고 한다.
그럼 나는 "아니, 그래도 내가 나왔겠지"라고 받아친다.
이건 농담이 아니다.
난 늘 엄마가 다른 사람이랑 결혼했어도
엄마가 낳은 아이는 아마 나였을 거라는, 이상한 확신이 있다.
우습게도 아빠에 대해서는 그렇지 않다.
사실… 그런 생각 자체를 해보지도 않았다.
엄마 반, 아빠 반 닮아 내가 됐는데
이렇게 다른 확신을 갖게 된 이유는 뭘까?
어쩌면 아이에게 모체란 존재 그 이상의 무엇일지도 모른다.
그리고 그건 어쩌면 '열 달이나 배 속에 품어준 엄마에 대한 최소한의 의리' 같은 것일 수도 있다.

"그러게
딴 사람이랑 결혼하지
왜 아빠랑 했어."

...

인생을 바꿀 수 있는
절호의 기회에도
머뭇거리는 엄마.

네 모든 여행을
이렇게 마주 보고
웃을 순 없겠지.
훨훨 날려.
행운이 함께하길 바라는
엄마의 바람 타고.

윤아의 어린이집 등원 3일째.
윤아가 또 한 번 세상으로 나갔다.
지금까지 그랬듯이
걱정이란 놈은 하나 도움이 안 된다.
대비를 하든가 아니면 믿음을 갖든가.
눈앞에 두고 늘 마주 보고 서서
위험할 땐 줄을 살살 당겨줄 수 있으면 좋겠는데
그럴 수 없다는 걸 잘 알기에
오늘도 윤아에 대한 믿음만 키워본다.
사실… 몇 가지 것들만 빼면 엄청 잘할 녀석이다.

대학생들의
패기 넘치는
인터뷰를 보며
웃는다.
귀여운 것들…
하고 생각하면서

어린이집 적응 기간.
근처에서 5분 대기조를 하며
실로 오래간만에 잡지책이라는 걸 본다.
연예인 기사, 올봄 유행 헤어스타일, 남자를 위한 자동차 등등
여러 가지 최신 기삿거리들이 쏟아진다.
'와… 요샌 이런 물건도 있구나.' '그래, 이 컬러 예쁘네.'
뒤적이다 보니 파릇파릇한 대학생들 기사도 나온다.
뭐라고 쓰여 있었더라…,
아마도 저마다의 전공 분야에서 독특한 이력을 쌓아
쓸 만한 사회인이 되기 직전의 인터뷰였던가.
물론 분명 그중엔 대한민국을 빛낼 인재가 있을 테지만,
나도 모르게 풋 하고 웃어버렸다.
애 안 낳은 처녀, 총각들이라 죄다 애로 보이기도 하고,
"뛰어봤자 결국 누구의 엄마 아빠다, 요 녀석들아" 싶기도 하고.
시간이 다 되어 그곳을 나오면서 표지를 다시 봤다.
하하, 무려 2년 전 잡지더라.

83

# 확답

믿을 만한 어린이집에 보내게 되어 기쁜 것도 잠시.
몇 번의 상처들로 마음을 졸이고 나니
윤아에게 당부하는 말들이 길어진다.
다치게도 하지 말고, 다쳐 오지도 말아라.
친구가 위험한 행동을 하면
그러지 말라고 말해주고 넌 자리를 피해라.
산책할 땐 뛰지 말고 선생님 곁에서 멀어지면 안 된다.
걸어갈 땐 늘 앞을 보고 걷고….
확답이 듣고 싶다.
"절대로 다치지 않을 거예요" 하는 확답이.
역시나 무리겠지.

다치지 않을 거라는
확답.
그게 듣고 싶어서
올려다보며
말한다.

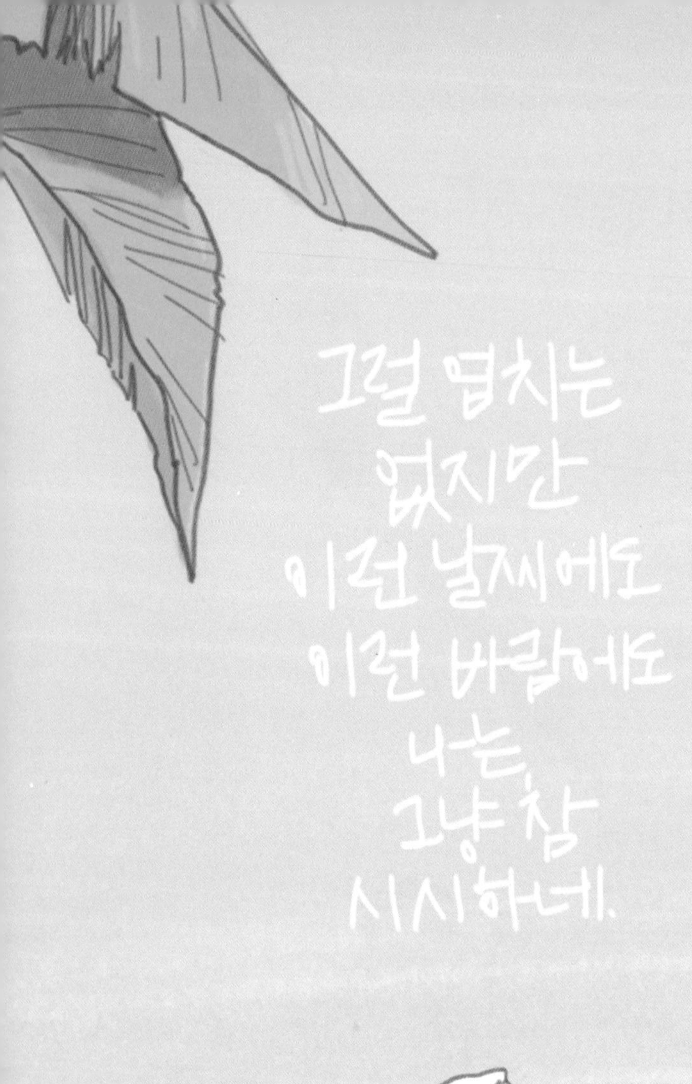
그럴 염치는
없지만
이런 날씨에도
이런 바람에도
나는,
그냥 참
시시하네.

# 빨래하기 좋은 날

아침 아이 등원 준비를 하는데 괜스레 짜증이 밀려온다.
쉽사리 말을 듣지 않는 윤아 때문이었지만,
생각해보면 흔쾌히 노트북을 손봐주지 않는
남편 때문이었는지도.
"오늘부턴 그냥 아빠랑 둘이 가" 하고
가방을 들려 둘만 내보내니
갑자기 눈물이 터진 윤아가 엉엉 울며 집을 나선다.
눈 뜨자마자 습습후후 감정 조절하는 데 에너지를
다 써버렸더니 기분 좋을 때 쓸 에너지조차 모두 바닥난 기분.
아, 힘들게 출근해서 일할 남편에게 비하겠냐마는
재미가 없다. 오늘 하루가 벌써부터 길다.
날씨가 이렇게도 좋은데,
'그냥 빨래하기 좋은 날' 정도가 되어버렸다.
빨래처럼 내 맘도 바싹 말려서
아이가 돌아오면 꼬옥 안아줘야지.

## 85
## 위대한 유산

지독한 흙수저라서 사는 데 힘들 거라 생각했던 건
꽤나 큰 오산이었다.
내가 풍족할 수 있었던 건 신기하게도
결핍이 있었기 때문이었다.
지금 생각하면 나는 결핍의 덕을 많이 보았다.
대신 진짜 날 힘들게 한 건 따로 있다.
물론 엄마와 아빠는 주어진 환경에서
나를 열심히 키우신 게 분명하지만
이따금 내 불안을 증폭시키는 가장 큰 요소이기도 했으니….
방 밖에서 우당탕탕 큰소리들이 들릴 때면
스스로 나 자신을 다독여야 했다.
성인이 되어 독립한 언니에게 전화를 걸어
"언니야… 엄마랑 아빠가 싸워" 하며 울먹이는 것만이
내가 할 수 있는 가장 큰 방어였다.
엄마는 불안함 속에 웅크리고 있는 나를 다독였고
최선을 다해 아무렇지 않은 표정을 지었지만

난 그런 엄마 표정에서 모든 것을 읽을 수 있었다.
조금이라도 큰소리가 나면
무슨 일이 또 벌어질 것 같은 느낌에
평온한 날에도 가슴이 쿵쾅거리곤 했다.
그리고 그 쿵쾅거리는 심장을 잔잔하게 만들려고
늘 저 멀리 있는 다른 것들을 생각해야 했다.
내가 상장을 받거나 할 때 말고
엄마가 행복해서 웃는 걸 본 적이 별로 없다.
엄마는 나로 인해 웃었고, 나 또한 그랬다.

아이가 울고불고해도 한숨 한번 내쉬지 않고
눈살 한번 찡그리지 않는 윤아 아빠를 보며 생각한다.
"옛날엔 그냥 마당에 풀어놓고 흙 주워 먹고 똥 주워 먹어도
되는 대로 키웠다"는 시아버님의 교육철학이
언뜻 막육아(?)처럼 들릴지는 모르지만
사실 상당히 수준 높은 육아법일 수도 있다는 생각.
비옥한진 몰라도 결코 황폐하지는 않아서
급할 것도 불안할 것도 없는
평온한 금수저 분위기 속에서 태어난 행복한 사람.
그래서 남편은 저렇게 대부분 의연할 수 있는 게 아닐까 하는….
물론 저마다의 상황은 알 길이 없어 추측하는 것뿐이지만.

비옥하지 못한
내 마음에 네가 산다면
그보다 더한 흙수저가
또 있을까.
웃자, 웃자.

마하반야바라밀다심경...
관자재 보살 행심반야바라밀다시...
아이...마하반야바라밀심경...
카페 바닥에 오줌 싼 네 심경...
그거 다 닦은 내 심경...
불교의 가르침이 절실한 요즘 심경...

기저귀를 떼고 팬티 입기에 잘 적응해나가던 어느 날,
소변이 마렵다는 윤아를 데리고 카페 화장실에 들어가려는데
살짝 컴컴한 분위기의 화장실이 무서웠는지
"어어어, 아니에요. 싫어 싫어!!" 하면서
완강히 거부하는 게 아닌가.
그렇게 카페 안 관광객들의 이목을 받으며 실랑이를 하던 사이
"쉬이이이이이"
어느 손님의 테이블 앞에서 그대로 소변을 해버리고 만 윤아.
뜨아아!!! 너무 당황해서 할 말을 잃은 나는
연신 탄식을 하며 사태를 수습한 후 겨우 카페를 빠져나왔다.
한 손엔 기저귀만 입은 윤아 손을 잡고,
다른 한 손엔 젖은 바지를 들고.
연꽃이 가득 피어 있는 '연화못'이라는 곳을 지나오는데
어쩐지, 부처의 가르침 속으로 걸어 들어가야 할 것만 같았다.

87

## 너라는 기회

마음을, 시간을, 눈앞의 일들을
하고 싶은 대로 다루는 건 여전히 힘들지만
사랑이라는 게 남녀의 이야기이기만 했던 때에는 잘 하지 못했던
직진 사랑, 퍼붓는 사랑을 할 수 있으니
이건 정말 절호의 기회가 아닐 수 없다.

눈치 보지 않고
마음껏
사랑할 기회.
내게 온
너라는 기회.

깨어 있을 때 하는 발차기도 어지간히 강력하지만
자면서 하는 발차기도 정말 세다.
하긴… 배 속 초음파 사진을 찍을 때도 윤아는
발을 머리 위로 올린 채 무당벌레가 뒤집어진 것 같은 자세였다.
'윤아 킥' 한 방에 이불 따위는 진즉 나가떨어졌으니
양말이라도 신겨놓아야 감기에 걸리지 않겠지.
깨지 않게 조심조심….

작아진 기모레깅스를
급히 주문하고
자면서 하는 발차기를
피해가며
발에 도톰한 양말을 신기는
서른넷의 겨울.

온종일 걸어놓은
외로움 말리러
새벽에 나온 창가.
"더워서"라는 이상한
대답을 준비해둔다.
1월.
철썩철썩
쏴아아.
세탁기 소리 삼키고
돌아가는 밤이다.

## 90
## 접근 금지

사놓은 지 얼마 되지도 않은 딸기인데
무른 곳을 베어내고 나니
어째 남은 게 별로 없는 것 같다.
가까이하기엔 너무 먼 당신인가,
그저 붙어 있는 것만으로도
이렇게 짓무르다니…
꼭 나 같기도 하고.
아, 아무리 달콤한 것들이라 한들
서로의 시간이 필요한 법이다.

부대끼는 것만으로도
덧나는구나.
물러터져가지고는.

목욕물 온도 맞추는 거,
국에 소금 치는 건
미뤄게니-
조심조심하면서
말이다.

# 91 / 미친 하루의 뒤끝

윤아랑 파이팅 크게 한판 하고 자동차 키를
가지고 나가버렸던 다음 날.
늘 그렇듯 후회라는 녀석이 가슴 한편에
뜨뜻미지근하게 자리를 잡고 있다.
집안일을 하면서도 계속 생각나는 그 일.
국을 끓이면서도 목욕물을 받으면서도 생각나는 일.
샤우팅도 크게 했고
날 붙잡는 애를 놔두고 나와버리기까지 했으니
이번 건 적어도 한 달짜리다.
'조심해야지' 하고 생각하지만
처음부터 조심할 필요가 없는 사람이었으면 얼마나 좋았을까.
누군가가 내게 "다시 태어나면 무엇으로 태어나고 싶어요?"
하고 묻는다면
"육아에 최적화된 사람"이라고 대답할 것이고
가능하면 남자로 태어나는 것도 좋을 것 같다.

우리집 마당에
자꾸만 민들레가
피는 이유.
동심이란 녀석이
범인.

## 92 범인은 바로

잔디보다 잡초가 많아져버린 마당.
그 와중에 어디서 나오는 자신감인지
제초제를 뿌리지 않고 있는 그대로 가꾸고 싶어 버티다 보니
성근 잔디 사이사이로
잡초와 민들레와 토끼풀과
접시꽃 같아 보이는 풀과
왠 허브 같아 보이는 풀과
'방울꽃(?)'으로 불릴 만한 풀과
이름 모를 온갖 풀들이… 마당에 자리 잡았다.
조만간 시간을 내어 이것들을 깡그리 잡아 없애야겠다 싶은데
윤아가 "민딕예다!!!!!" 하면서 참 좋아한다.
놀잇감이 되니 그대로 놔두고도 싶지만
그랬다가는 우리 집 마당은 아마도 민들레밭이 돼버리지 않을까.
크흑…, 그녀의 동심이 퍼져나가는 속도를
내가 따라가지 못하니 말이다.

93

# 엄마의 보물

곰팡이와 먼지 냄새를 살짝 풍기는 나의 일기장들은
나 시집가면 준다면서 엄마가 모아둔 보물이었다.
서울에서 자취하며 회사에 다니고 이따금씩 집에 내려갈 때면
엄마가 내 일기장들을 쌌다가 풀었다가 하는 모습을 보곤 했다.
읽어보더니 "귀엽지?" 하고 묻는다. 일기를 쓴 당사자인 나에게.
뭣하러 그걸 여태 싸 들고 있냐고만 했는데
어쩌면 엄만 내가 일기를 쓰고 살 팔자라는 걸 직감했던 건지도.

일기를 꼼꼼히 곱씹어봐야 어렴풋하게 떠오르는 기억들.
엄마는 그 기억들이 중요해서라기보단 그 시절의 감정이 애틋해
내 일기장들을 싸매고 있는 걸지도 모르겠다.
'여덟 살 우리 딸내미가 졸다 깨어난 엄마를 보고 막 웃네.'
'우리 딸이 엄마가 만들어준 햄버거를 너무너무 맛있어했구나.'
괴발개발 글씨지만 마음만은 순수했던,
엄마는 그 시절의 내가 너무 그립나 보다.
그러니 이 일기장은 내 것이 아닌 엄마의 것일지도.

"귀엽지?"
20년전 내 일기의 한 쪽을
내게 보여주며 묻는다.
마치
다른 사람의 것처럼...

뒷모습도 예쁜 사람은 처음인 것 같다.

언젠가 다가올
네 독립에
지금부터
초연해지려는 걸까.
뒷모습이 이쁘구나.

"바쁜 게 좋은 거지, 뭐."
하고 위로하는 나는 정작
대체 왜 이렇게
바쁜 거냐는 말을
입에 달고 산다지.

신혼생활을 시작한 친구, 회사에 다니는 친구, 동료였던 선배.
그들과의 통화에서 단골처럼 등장하는 말.
"요새 바쁘지?" "그래, 바쁜 게 좋지 뭐."
원하는 일 할 수 있고, 찾아주는 사람 있고, 돈도 벌 수 있는
그들의 바쁨에 진심으로 응원과 위로를 건네다가
문득 바쁜 게 좋다면서
난 왜 매일 바쁘냐고, 왜 매일 이렇게 일이 끝이 없냐고…
한탄 중인 나를 발견한다.
한두 가지 작업에만 몇 날 며칠 시간을 쏟아부어
일하던 습관이 있어 그런지
시간을 쪼개 이 일 저 일 한다는 게
난 왜 이렇게 어려운 건지.

전쟁 치르느라 바쁜 오전.
뒷수습하느라 바쁜 오후.
쉼 없이 돌아가는 하루의 시계.

신생아 돌보는 게 그렇게 힘들 줄은 정말 몰랐다.
몸이 힘들고 잠을 잘 수 없으니
화가 나고 짜증이 몰려왔다.
아무것도 모르고 밤새 응애응애 울던 윤아를
침대로 던지다시피 해버리고
베개를 주먹으로 팡팡 내리쳤다.
내 행동에 놀라 우는 윤아를 보며
미안함 반, 짜증 반으로 나도 같이 울었다.

꽤 많은 것에 경력자임을 자부하는 나이에
매일 겪어야 했던 나의 서투름은
윤아에게 무례하기 짝이 없는 것이었다.

깨끗한 너의 종이에
마음대로 휘갈겨 쓴
그날의 낙서가
생각할수록
무례해서
눈물이 핑.

때때로
무리한
어른스러움을
요구한다.
나 또한
동심으로 돌아가지도
못하면서...

97

## 무리한 어른스러움

앞으로 10년 정도는, 아니
20년 정도는… 아니…
서른 살 넘은 나도 아직 어른스럽지 못하니
적어도 적어도 30년 정도는 계속 어른스럽지 못할 녀석에게
난 참 많은 것을 요구하고 있구나 할 때가 있다.
보살펴주는 사람이 아니라
벼르고 있는 사람이 되어가는 것만 같을 때는
도대체 저랑 나 둘 중 누가 어른일까 싶다.
벼르지 말자, 벼르지 말자….
마음먹었다면 기다려줘야지.
벼르지 말자….

물건들의 제자리를
찾아주는 평일.
고장 난 것들을 고치는 주말.
그것으로 삶이
채워진다.
물론 행복도.

## 98 / 사는 게 별건가

세상일 어느 하나 바쁘지 않은 게 없지만
아이 낳고 정말 절실히 느낀다.
시간이 빠르다는 것을.
그리고 그에 비해 우리의 평일과 주말은
늘 비슷한 것들로 채워진다는 것을.
물론 그 안에 희로애락과 아이 키우는 재미가 담겨 있지만
반복되는 일에만 매달리다 보면
자칫 종일 바쁘기만 하고 밋밋한 생활이 되기 일쑤다.
일상 속에서 행복을 찾지 못하면
아무것도 되지 않겠다는 생각이 자주 든다.
주말에 윤아의 터진 애착인형과 바지를
2주나 넘게 미뤄뒀다 겨우 꿰매고 있자니
한쪽에선 남편이 타요버스의 약을 갈아준다.
고장 난 것들을 손봐주는 게 주말이라면
물건들 수리를 얼른 끝내고
마음도 정신도 잘 다듬어놓고 싶은 하루.
일상이 행복하도록, 대략 7일치의 마음을.

99

## 쉬어 가기

아무것도 그려져 있지 않은 뽀송뽀송한 하얀 도화지를 만지면
깨끗한 호텔 이불을 매만지는 듯 부자가 된 것 같을 때가 있었다.
예전에 미술학원에서 그날그날 도화지를 사서 쓰곤 했는데
몇백 원 하지도 않던 도화지이지만
많이 쟁여놓을수록 마음이 푸근해지기까지 했다.
한편 하얀 도화지가 주는 막연한 공포도 있다.
무언가를 써야 할 것만 같고 멋진 걸 그려내야 할 것 같은 긴장감.
그래서 가끔 줄 노트를 쓰기도 하고
얼룩이 묻은 종이를 선호하기도 하는데
윤아가 그런 내 맘을 딱 알아차렸는지
내 노트에 끼적끼적 낙서를 해놓았다.
처음엔 '요놈의 자식이~' 싶었는데 가만히 들여다보고 있으니
어쩐지 물 위에 동동 띄워진 버드나무 잎을 보고 있는 것 같다.
엄마 마음이 조급해질까 봐 하나도 아니고 두어 장 간격으로
많이도 띄워놓은, 그런….
앞으로는 하얀 종이의 공포가 몰려올 때
윤이에게 잠시 노트를 맡겨놔야겠다.

내 노트 사이사이
끼워둔
네 나뭇잎
말랐어.
천천히 후후
불어 쓸게.

"죽통밥 먹으러
언제 가요?"
배 속에서 묻는 너.
"괜찮아" 하며
쿨하게 웃어주는
소쇄원 대나무.

6월.
무거운 배를 끌고 대나무로 유명한 담양으로 태교여행을 떠났다.
가는 날 아침, 민박집 아주머니에게 전화가 왔다.
그 동네 유명한 마흔다섯 노총각이 드디어 오늘 장가를 가는데
동네 경사인 전통혼례에 혹시 참석하지 않겠냐고.
정기검진이 있어서 갈 수 없는 것이 아쉽고 또 아쉬웠다.
그날 초음파 검사에서 윤아는 배가 고픈지
튼실한 허벅다리를 머리 위까지 뻗어
거의 발가락을 빨다시피 하고 있었다.
그 기운이 전해졌는지 담양에 도착한 만삭의 나도
갓 올라오는 죽순을 보며 '아, 죽통밥….'
자신을 보며 입맛을 쩝쩝 다시는 임신부를
대나무가 쿨하게 이해해줘서 다행이었다지.

나는 여전히
서걱거리지만
너로 인해
조금 달라졌어.
모래가 흙이
되었달까.

"아이 낳고 엄마 맘을 알겠어요"라고 하는 사람들이 많은데
부끄럽게도 나는 아직 잘 모르겠다.
철이 덜 들었고,
한 아이의 엄마로서 여전히 자주 너그럽지 못하고
온화하지 못한 것 같다.
물론 아주 조금의 변화가 있긴 했지만…
어쨌거나 살던 방식을 완전히 버리지 못한 서른 넘은 어른.
하지만 이 쪼그마한 아이로 인해
세상 보는 눈이 조금이나마 달라졌다면
그 역시 꽤나 대단한 것임에는 틀림없다.
"나무야~ 쑥쑥 커야~!"
물을 주며 하는 아이의 말이
어째 내게 하는 것 같다.

*epilogue*

# 사랑하는 사람들에게 보내는 한마디

엄마 아빠가 내게 주신 정성을
이제 아이에게 기꺼이 물려주며 살아야겠다.
지난 4년의 시간 동안 처음 맞닥뜨린 모든 순간을
잘 버텨내준 나의 윤아와 윤아 아빠에게도 감사한다.
그리고 친절하지 않은 글에 밤마다 찾아와주시고
댓글을 달아주신 분들께 정말 감사드린다.
나? 나는… 다시 하라면 절대 못 할 것 같은
출산과 출간, 이 두 가지를 해냈으니 이만하면 되었다!

# 한밤중의 육아일기



2017년 10월 23일 초판 1쇄 발행
2018년 3월 20일 초판 2쇄 발행

지은이 | 허지애
발행인 | 이원주

발행처 | (주)시공사
출판등록 | 1989년 5월 10일(제3-248호)

주소 | 서울시 서초구 사임당로 82(우편번호 06641)
전화 | 편집(02)2046-2854 · 마케팅(02)2046-2883
팩스 | 편집 · 마케팅(02)585-1755
홈페이지 | www.sigongsa.com

ISBN 978-89-527-7926-7 03810



이 도서의 국립중앙도서관 출판예정도서목록(CIP)은 서지정보유통지원시스템
홈페이지(http://seoji.nl.go.kr)와 국가자료공동목록시스템(http://www.nl.go.kr/kolisnet)에서
이용하실 수 있습니다.(CIP제어번호: CIP2017023994)